卞尺丹几乙し丹卞と

Translated Language Learning

Die Ursprünge des Opiums
The Origins of Opium

Es war einmal ein Rishi
Once upon on a time there was a Rishi
er lebte an den Ufern des heiligen Ganges
he lived on the banks of the holy Ganga
Dieser Rishi verbrachte seine Tage und Nächte damit, religiöse Riten durchzuführen
this Rishi spent his days and nights performing religious rites
und er verbrachte seine Zeit damit, über Gott nachzudenken
and he spent his time in meditation upon God
Von Sonnenaufgang bis Sonnenuntergang saß er am Flussufer
From sunrise to sunset he sat on the river bank
Und die ganze Zeit sitzt er in Andacht vertieft
and for the whole time he sits engaged in devotion
Und nachts suchte er Zuflucht in einer Hütte aus Palmblättern
and at night he took shelter in a hut of palm-leaves
die Palmen, die er aus Setzlingen gezogen hatte
the palms that he had grown from saplings
Weit und breit waren keine Männer und Frauen zu sehen
There were no men and women for miles round
In der Hütte aber war eine Maus
In the hut, however, there was a mouse
diese Maus lebte von dem, was der Rishi ihr jeden Tag hinterließ
this mouse lived from what the Rishi left her each day
Es lag nicht in der Natur des Weisen, irgendein Lebewesen zu verletzen
it was not in the nature of the sage to hurt any living thing
So lief unsere Maus nie vor ihm weg
so our mouse never ran away from him
Tatsächlich ist unsere Maus zu ihm gegangen

in fact, our mouse went to him
Sie berührte seine Füße und spielte mit ihm
she touched his feet and played with him
Der Rishi wollte nett zu der kleinen Maus sein
The Rishi wanted to be kind to the little mouse
Und er wollte jemanden haben, mit dem er reden konnte
and he wanted to have some one to talk to
Also gab er ihr die Macht der Sprache
so, he gave her the power of speech

Eines Nachts stand die Maus vor dem Rishi
One night the mouse stood on in front of the Rishi
Die Maus legte ihre Vorderpfoten zusammen, um zu betteln
the mouse put together her front paws to beg
"Heiliger Weiser, du warst gütig, als du mir menschliche Sprache gabst"
"Holy sage, you were kind when you gave me human language"
"Wenn es Eurer Hochwürden nicht mißfällt, so habe ich noch eine Gnade zu erbitten."
"If it will not displease your reverence, I have one more boon to ask"
"Was ist das?" fragte der Rishi
"What is it?" said the Rishi
"Was ist denn, kleine Maus?"
"What is it, little mouse?"
"Sag, was du willst"
"Say what you want"
Die Maus antwortete dem Rishi
The mouse answered the Rishi
"Tagsüber geht Eure Ehrfurcht zur Andacht ans Flussufer"
"by day your reverence goes to the river-side for devotion"
"In dieser Zeit kommt eine Katze in die Hütte, um mich zu fangen"
"during this time a cat comes to the hut to catch me"

"Aber sie hat immer noch etwas Angst vor deiner Ehrfurcht"
"but she still has some fear of your reverence"
"Ohne das hätte mich die Katze schon längst gefressen"
"without this the cat would have eaten me long ago"
"aber ich habe Angst, dass die Katze mich eines Tages frisst"
"but I fear the cat will eat me some day"
"Mein Gebet ist, dass ich in eine Katze verwandelt werde"
"My prayer is that I may be changed into a cat"
"dann kann ich meinem Feind ebenbürtig sein"
"then I can prove a match for my foe"
Der Rishi verstand die Notlage der Maus
The Rishi understood the mouse's plight
Er goss etwas Weihwasser auf den Körper der Maus
he threw some holy water on the mouse's body
und sie verwandelte sich sogleich in eine Katze
and she was at once changed into a cat

Einige Nächte später sprach der Rishi mit seinem Haustier
Some nights after, the Rishi spoke to his pet
"Nun, kleine Miezekatze, wie gefällt dir dein jetziges Leben?"
"Well, little kitty cat, how do you like your present life?"
"Nicht viel, Euer Hochwürden," antwortete die Katze
"Not much, your reverence," answered the cat
"Warum gefällt es dir nicht?" fragte der Weise
"Why don't you like it?" demanded the sage
"Kannst du dich nicht gegen alle Katzen der Welt behaupten?"
"can you not hold your own against all the cats in the world?"
"Ja, ich bin stark genug!" antwortete die Katze
"Yes, I am strong enough," answered the cat
"Deine Ehrfurcht hat mich zu einer starken Katze gemacht"
"Your reverence has made me a strong cat"
"Ich komme mit allen Katzen der Welt zurecht"
"I am able to cope with all the cats in the world"
"Ich habe keine Angst mehr vor Katzen"

"I do not fear cats anymore"
"Aber ich habe einen neuen Feind"
"but I have got a new foe"
"Jeden Tag geht Eure Ehrfurcht an das Ufer des Flusses"
"every day your reverence goes to the river-side"
"Zu dieser Zeit kommt ein Rudel Hunde zur Hütte"
"at this time a pack of dogs comes to the hut"
"und sie bellen so laut, dass ich Angst um mein Leben habe"
"and they bark so loud that I am frightened for my life"
"Wenn Euer Hochwürden mir nicht mißfallen wollen."
"If your reverence will not be displeased with me;"
"Ich flehe dich an, verwandle mich in einen Hund"
"I beg you to change me into a dog"
Der Rishi sprach: "Kleines Kätzchen, du sollst ein Hündchen sein."
The Rishi spoke, "little kitty, thou shall be a doggy"
Und aus der Katze wurde sogleich ein Hund
and the cat forthwith became a dog

Einige Tage vergingen, und der Hund sprach wieder mit dem Rishi
Some days passed, and the dog spoke to the Rishi again
"Ich kann Eurer Ehrfurcht nicht genug danken für Ihre"
"I cannot thank your reverence enough for your"
"Ich war nur eine arme Maus"
"I was but a poor mouse"
"Du hast mir nicht nur die Sprache gegeben, sondern mich in eine Katze verwandelt"
"you not only gave me speech, but you turned me into a cat"
"Und dann warst du so freundlich, mich in einen Hund zu verwandeln"
"and then you were kind enough to change me into a dog"
"Als Hund leide ich allerdings unter großen Problemen"
"As a dog, however, I suffer a great deal of trouble"
"Ich bekomme nicht genug zu essen"

"I do not get enough to eat"
"Meine einzige Nahrung ist das, was du von deinem Abendbrot übrig lässt"
"my only food is what you leave of your supper"
"Das war in Ordnung, als ich noch eine Maus war"
"that was fine when I was still a mouse"
"Aber du hast mich zu einem viel größeren Tier gemacht"
"but you have made me a much larger beast than that"
"Und es ist nicht genug, um meinen Mund zu füllen"
"and it is not enough to fill my mouth"
"O wie beneide ich die Affen, die von Baum zu Baum springen"
"O how I envy those apes who jump about from tree to tree"
"Sie essen allerlei leckere Früchte!"
"they eat all sorts of delicious fruits!"
"Wenn Euer Hochwürden mir nicht zürnen wollen."
"If your reverence will not get angry with me;"
"Ich bete, dass ich in einen Affen verwandelt werde"
"I pray that I be changed into an ape"
Der gutherzige Weise erfüllte bereitwillig den Wunsch seines Haustieres
The kind-hearted sage readily granted his pet's wish
Und der Hund wurde zum Affen
and the dog became an ape

Unser Affe war zuerst wild vor Freude
Our ape was at first wild with joy
Sie sprang von einem Baum zum anderen
She leaped from one tree to another
Und sie saugte an jeder köstlichen Frucht, die sie finden konnte
and she sucked every luscious fruit she could find
Doch ihre Freude war nur von kurzer Dauer
But her joy was short-lived
Der Sommer kam und brachte seine Dürre mit sich

Summer came and brought with it its drought
Als Affe fiel es ihr schwer, Wasser aus einem Fluss zu trinken
As a monkey she found it hard to drink water out of a river
Und sie sah die Wildschweine den ganzen Tag im Wasser planschen
and she saw the wild boars splashing in the water all the day long
Sie beneidete sie jetzt um ihr Leben
She envied their life now
"Oh, wie glücklich diese Wildschweine sind!"
"Oh, how happy those wild boars are!"
"Den ganzen Tag werden ihre Körper durch Wasser gekühlt und erfrischt"
"All day their bodies are cooled and refreshed by water"
"Wie sehr wünschte ich, ich wäre ein Wildschwein"
"How I wish I were a boar"
In dieser Nacht erzählte sie dem Rishi von den Schwierigkeiten, ein Affe zu sein
that night she recounted the troubles of being an ape to the Rishi
Sie erzählte ihm von dem vergnüglichen Leben, das die Wildschweine führten
she told him of the pleasurable lives the boars
Und sie flehte ihn an, sie in ein Wildschwein zu verwandeln
and she begged him to change her into a wild boar
Die Güte des Weisen kannte keine Grenzen
The sage's kindness knew no bounds
Und er kam der Bitte seines Haustieres nach
and he complied with his pet's request
Also verwandelte er sie in ein Wildschwein
so he turned her into a wild boar

Zwei ganze Tage lang hielt unser Wildschwein seinen Körper klatschnass

For two whole days our boar kept her body soaking wet

Und auch am dritten Tag plantschte sie in ihrem Lieblingselement

and on the third day she was also splashing about in her favourite element

An diesem Tag sah sie zufällig den König des Landes

it was in this day that she happened to see the king of the country

Er ritt auf einem wunderschön geschmückten Elefanten

he was riding on a beautiful adorned elephant

Der König war auf der Jagd

The king was out hunting

Und nur durch Glück entging unser Wildschwein dem Einfangen

and it was only by luck that our boar escaped being caught

Sie sprach über die Gefahren, die es mit sich bringt, ein Wildschwein zu sein

She dwelt on the dangers of being a wild boar

und sie beneidete den stattlichen Elefanten um sein Los

and she envied the lot of the stately elephant

Der Elefant hatte so viel Glück

the elephant was so fortunate

Der Elefant durfte den König des Landes auf seinem Rücken tragen

the elephant got to carry the king of the country on his back

Sie sehnte sich danach, ein Elefant zu sein

She longed to be an elephant

und in der Nacht flehte sie den Rishi an, sie in einen Elefanten zu verwandeln

and at night she besought the Rishi to make her into an elephant

Unser Elefant streifte in der Wildnis umher
Our elephant was roaming about in the wilderness
Auf ihren Abenteuern sah sie den König auf der Jagd
on her adventures she saw the king out hunting
Der Elefant ging auf die Männer des Königs zu
The elephant went towards the king's men
Unser Elefant hatte die Absicht, gefangen zu werden
our elephant had every intention of being caught
Als der König den Elefanten aus der Ferne sah, bewunderte er seine Schönheit
The king, seeing the elephant at a distance, admired its beauty
"Fangt und zähmt diesen Elefanten", befahl er seinen Dienern
"catch and tame this elephant," he ordered his servants
Unser Elefant war leicht zu fangen
Our elephant was easily caught
Sie wurde in die königlichen Stallungen gebracht
she was taken into the royal stables
und sie war bald gezähmt
and she was soon tamed

Eines Tages wollte die Königin im Wasser des heiligen Ganges baden
one day the queen wished to bathe in the waters of the holy Ganga
Der König wollte seine königliche Gemahlin begleiten
The king wished to accompany his royal consort
Da befahl er, den frisch gefangenen Elefanten zu ihm zu bringen
so he ordered that the newly-caught elephant should be brought to him
Der König und die Königin saßen auf ihrem Rücken
The king and queen mounted on her back
Man sollte meinen, dass unsere Elefantin nun ihren Wunsch erfüllt hatte
One would suppose that our elephant had now got her wish

Der König war auf seinen Rücken gestiegen
the king had mounted on his back
Aber nein, unser kleiner Elefant hat ihre Wünsche nicht erfüllt
But no, our little elephant didn't get her wishes
Sie betrachtete sich selbst als ein herrschaftliches Tier
She looked upon herself as a lordly beast
Sie konnte den Gedanken nicht ertragen, dass eine Frau auf ihrem Rücken reiten sollte
she could not bear the idea that a woman should ride on her back
Es war ihr nicht genug, dass sie eine Königin war
it wasn't enough for her that she was a queen
Sie fühlte sich erniedrigt
She felt she had been degraded
Sie sprang so heftig auf, wie es Elefanten können
She jumped up as violently as elephants can
Sowohl der König als auch die Königin fielen zu Boden
both the king and queen fell to the ground
Der König hob die Königin vorsichtig auf
The king carefully picked up the queen
Er nahm sie in seine Arme
he took her in his arms
Er fragte sie, ob sie verletzt worden sei
he asked her whether she had been hurt
Er wischte mit seinem Taschentuch den Staub von ihren Kleidern
he wiped off the dust from her clothes with his handkerchief
Und er küsste sie zärtlich hundertmal
and he tenderly kissed her a hundred times
Unser Elefant wurde Zeuge der Liebkosungen des Königs
Our elephant witnessed the king's caresses
Und sie rannte in den Wald
and she scampered off to the woods
Sie rannte so schnell, wie ihre Beine sie tragen konnten

she ran as fast as her legs could carry her
Während sie rannte, dachte sie bei sich
As she ran she thought within herself
"Schließlich sehe ich, dass eine Königin das glücklichste aller Geschöpfe ist"
"After all, I see that a queen is the happiest of all creatures"
"Von welch unendlicher Achtung ist sie der Gegenstand!"
"Of what infinite regard is she the object!"
"Der König hob sie auf und nahm sie in seine Arme"
"The king lifted her up and took her in his arms"
"Er hat viele zärtliche Erkundigungen angestellt und den Staub von ihren Kleidern gewischt"
"he made many tender inquiries and wiped off the dust from her clothes"
"Und er hat sie hundertmal geküßt!"
"and he kissed her a hundred times!"
"O das Glück, eine Königin zu sein!"
"O the happiness of being a queen!"
"Ich muss dem Rishi sagen, dass er mich zur Königin machen soll!"
"I must tell the Rishi to make me a queen!"

ehe die Sonne untergegangen war, ging sie in die Hütte des Rishi
before the sun had set she went to the Rishi's hut
Und sie fiel dem heiligen Weisen zu Füßen
and she fell to the feet of the holy sage
Der Rishi sagte: "Nun, was gibt es Neues?"
The Rishi said, "Well, what's the news?"
"Warum hast du das Gestüt des Königs verlassen?"
"Why have you left the king's stud?"
"Was soll ich Eurer Hochwürden sagen?" antwortete sie
"What shall I say to your reverence?" she answered
"Du warst sehr nett zu mir"
"You have been very kind to me"

"Du hast mir jeden Wunsch erfüllt"
"you have granted every wish of mine"
"Ich habe noch einen Segen zu erbitten, und es wird der letzte sein"
"I have one more boon to ask, and it will be the last"
"Dadurch, dass ich ein Elefant geworden bin, habe ich nur meine Masse vergrößert"
"By becoming an elephant I have got only my bulk increased"
"Aber es hat mein Glück nicht erhöht"
"but it has not increased my happiness"
"Ich sehe, dass von allen Kreaturen eine Königin die glücklichste auf der Welt ist"
"I see that of all creatures a queen is the happiest in the world"
"Mach mich doch, heiliger Vater, zur Königin"
"Do, holy father, make me a queen"
"Dummes Kind", antwortete der Rishi
"Silly child," answered the Rishi
"Wie kann ich dich zur Königin machen?"
"how can I make you a queen?"
"Wo bekomme ich ein Königreich für dich?"
"Where can I get a kingdom for you"
"Und wo würde ich einen königlichen Gemahl finden?"
"and where would I find a royal husband?"
"Alles, was ich tun kann, ist, dich in ein exquisit schönes Mädchen zu verwandeln"
"All I can do is to change you into an exquisitely beautiful girl"
"Du wirst von Reizen besessen sein, um das Herz eines Prinzen zu erobern"
"you will be possessed of charms to captivate the heart of a prince"
"Aber zuerst musst du auf die Launen der Götter warten"
"but first you must wait for the moods of the gods"
"Sie werden Ihnen eine Unterredung mit einem großen Prinzen gewähren!"
"they will grant you an interview with some great prince!"

Unser Elefant stimmte der Änderung zu
Our elephant agreed to the change
In einem Augenblick verwandelte sich das Tier in eine schöne junge Dame
in a moment the beast was transformed into a beautiful young lady
der heilige Weise gab ihr den Namen Postomani
the holy sage gave her the name of Postomani
Es bedeutete "die Mohn-Dame"
it meant "the poppy-seed lady"

Postomani lebte in der Hütte des Rishi
Postomani lived in the Rishi's hut
Und sie verbrachte ihre Zeit damit, die Blumen zu pflegen und die Pflanzen zu gießen
and she spent her time in tending the flowers and watering the plants
Eines Tages war der Rishi mit seinen religiösen Riten unterwegs
One day the Rishi was out on his religious rites
Tagsüber saß sie an der Tür der Hütte
she was sitting at the door of the hut during the day
Sie sah einen reich gekleideten Mann auf die Hütte zukommen
she saw a richly dressed man come towards the cottage
Sie stand auf und fragte den Fremden, wer er sei
She stood up and asked the stranger who he was
Und sie fragte ihn, wozu er hierher gekommen sei
and she asked him what he had come there for
Der Fremde antwortete, er sei auf der Jagd gewesen
The stranger answered that he had been on a hunt
Er sagte, er habe vergeblich ein Reh gejagt
he said he had been chasing a deer in vain
Er sagte ihr, dass er Durst verspüre
he told her that he felt thirsty

Und er sagte, er sei in die Hütte des Einsiedlers gekommen, um sich zu erfrischen
and he said that he came to the hut of the hermit for refreshment
"Fremder, betrachte diese Hütte als dein eigenes Haus", sagte Postomani
"Stranger, look upon this hut as your own house," Postomani said
"Ich werde alles tun, was ich kann, damit du dich wohlfühlst"
"I'll do everything I can to make you comfortable"
"Es tut mir leid, dass wir zu arm sind, um Sie angemessen zu unterhalten"
"I am sorry that we are too poor to suitably entertain you"
"Denn, wenn ich mich nicht irre, bist du der König dieses Landes"
"because, if I am not mistaken, you are the king of this country"
Der König lächelte in Anerkennung dessen, was sie gesagt hatte
The king smiled in recognition of what she said
Dann holte Postomani einen Wasserkrug hervor
Postomani then brought out a water-pot
sie tat so, als wolle sie ihrem königlichen Gast die Füße waschen
she made as if she would wash the feet of her royal guest
"Heilige Magd, berühre nicht meine Füße!" sagte er
"Holy maid, do not touch my feet," said he
"Ich bin nur ein Kshatriya"
"I am only a Kshatriya"
"Und du bist die Tochter eines heiligen Weisen"
"and you are the daughter of a holy sage"
"Edler Herr, ich bin nicht die Tochter des Rishi", antwortete sie
"Noble sir, I am not the daughter of the Rishi," she replied
"Und ich bin auch kein Brahmanenmädchen"
"and I am not a Brahmani girl either"

"Es kann also nicht schaden, wenn ich deine Füße berühre"
"so there can be no harm in me touching your feet"
"Außerdem bist du mein Gast"
"Besides, you are my guest"
"Und ich bin verpflichtet, dir die Füße zu waschen"
"and I am bound to wash your feet"
King: "Verzeih mir meine Unverschämtheit"
King: "Forgive my impertinence"
"Zu welcher Kaste gehören Sie?" fragte er
"What caste do you belong to?" he asked
"Ich habe von dem Weisen gehört, dass meine Eltern
Kshatriyas waren"
"I have heard from the sage that my parents were Kshatriyas"
"Darf ich dich fragen, ob dein Vater ein König war?" fragte er
"May I ask you whether your father was a king?" he asked
"Sie haben eine ungewöhnliche Schönheit und ein stattliches
Auftreten"
"you have an uncommon beauty and a stately demeanour"
"Diese Eigenschaften zeigen, dass du eine geborene
Prinzessin warst"
"these qualities show that you were a born princess"
Postomani ging, ohne die Frage zu beantworten, in die Hütte
Postomani, without answering the question, went inside the hut
Sie holte ein Tablett mit den köstlichsten Früchten hervor
she brought out a tray of the most delicious fruits
Und sie setzte die Früchte vor den König
and she set the fruits before the king
Der König aber rührte die Früchte nicht an
The king, however, would not touch the fruits
Er wartete, bis das Mädchen seine Fragen beantwortet hatte
he waited until the girl had answered his questions
Auf starken Druck gab Postomani folgende Antwort:
When pressed hard, Postomani gave the following answer:
"Der heilige Weise sagt, dass mein Vater ein König war"
"The holy sage says that my father was a king"

"Aber er wurde in einer Schlacht besiegt"
"but he was overcome in a battle"
"Also flüchtete er mit meiner Mutter in den Wald"
"so he, with my mother, fled into the woods"
"Mein armer Vater wurde von einem Tiger gefressen"
"My poor father was eaten up by a tiger"
"Und meine Mutter schloss ihre Augen, als ich meine öffnete"
"and my mother closed her eyes as I opened mine"
"Auf dem Baum stand ein Bienenstock"
"there was a bee-hive on the tree"
"Und ich lag am Fuße dieses Baumes"
"and I lay at the foot of that tree"
"Honigtropfen fielen mir in den Mund"
"drops of honey fell into my mouth"
"Der Honig hat den Funken in mir am Leben erhalten"
"the honey kept the spark inside me alive"
"Und dann hat mich der freundliche Rishi gefunden"
"and then the kind Rishi found me"
"Er hat mich in seine Hütte gebracht"
"he brought me into his hut"
"Das ist die einfache Geschichte dieses elenden Mädchens"
"This is the simple story of this wretched girl"
"Das Mädchen, das jetzt vor dem König steht"
"the girl who now stands before the king"
"Nennen Sie sich nicht elend," antwortete der König
"Call not yourself wretched," replied the king
"Du bist die reizendste und schönste aller Frauen"
"You are the loveliest and most beautiful of women"
"Du würdest den Palast des mächtigsten Herrschers
schmücken"
"You would adorn the palace of the mightiest sovereign"

Das Mädchen und der König verliebten sich ineinander
The girl and the king fell in love with each other
und sie wurden von den Rishi geheiratet

and they were joined in marriage by the Rishi
Postomani wurde als Lieblingskönigin gehandelt
Postomani was treated as the favourite queen
Und die ehemalige Königin war in Ungnade gefallen
and the former queen was in disgrace
Postomanis Glück war jedoch nur von kurzer Dauer
Postomani's happiness, however, was short-lived
Eines Tages stand sie an einem Brunnen
One day she was standing by a well
ihr wurde schwindlig und sie fiel ins Wasser
she became giddy and fell into the water
Und im Brunnen starb sie
and it was in the well that she died
Der Rishi kam, um den König zu trösten
The Rishi came to console the king
"O König, trauere nicht über die Vergangenheit"
"O king, grieve not over the past"
"Was vom Schicksal bestimmt ist, muss geschehen"
"What is fixed by fate must come to pass"
"Die Königin, die gerade ertrunken ist, war nicht von königlichem Blut"
"The queen, who has just drowned, was not of royal blood"
"Sie wurde als Maus geboren"
"She was born a mouse"
"Ich habe ihre Gestalt viele Male verändert"
"I changed her form many times"
"Und jedes Mal wünschte sie sich, wieder verändert zu werden"
"and each time she wished to be changed again"
"Zuerst habe ich sie in eine Katze verwandelt"
"first I changed her into a cat"
"Dann habe ich sie in einen Hund verwandelt"
"then I changed her into a dog"
"Später habe ich sie in einen Affen verwandelt"
"later I changed her into an ape"

"Dann habe ich sie in ein Wildschwein verwandelt"
"then I changed her into a boar"
**"Ich habe sie in den Elefanten verwandelt, den du gefangen
hast"**
"I changed her into the elephant you caught"
**"Und schließlich habe ich sie in ein wunderschönes Mädchen
verwandelt"**
"and finally I changed her into a beautiful girl"
**"Jetzt, wo sie weg ist, nehmt eure ehemalige Königin in
Gunst"**
"Now that she is gone, take into favour your former queen"
**"Was meine Tochter betrifft, werde ich ihren Namen
unsterblich machen"**
"As for my daughter, I'll make her name immortal"
"Lass ihren Leichnam im Brunnen bleiben"
"Let her body remain in the well"
"Fülle den Brunnen mit Erde"
"fill the well up with earth"
**"Aus ihrem Fleisch und ihren Knochen wird ein Baum
wachsen"**
"Out of her flesh and bones will grow a tree"
"Dieser Baum soll nach ihr benannt werden. Posto'"
"this tree shall be called after her; 'Posto'"
"das bedeutet 'der Mohnbaum'"
"this means 'the Poppy tree'"
**"Aus diesem Baum wird eine Droge gewonnen, die Opium
genannt wird"**
"From this tree will be obtained a drug called opium"
**"Opium wird zu allen Zeiten als kraftvolle Medizin gefeiert
werden"**
"opium will be celebrated as a powerful medicine through all
ages"
"Es wird entweder geschluckt oder geraucht"
"it will either be swallowed or smoked"
"Und es wird ein wunderbares Betäubungsmittel bis ans

Ende der Zeiten sein"
"and it will be a wonderful narcotic to the end of time"
"Der Opiumraucher wird von jedem der Tiere eine Eigenschaft haben"
"The opium smoker will have one quality of each of the animals"
"Sie werden schelmisch wie eine Maus sein"
"they will be mischievous like a mouse"
"Sie werden Milch lieben wie eine Katze"
"they will be fond of milk like a cat"
"Sie werden streitsüchtig sein wie ein Hund"
"they will be quarrelsome like a dog"
"Sie werden schmutzig sein wie ein Affe"
"they will be filthy like an ape"
"Sie werden wild sein wie ein Wildschwein"
"they will be savage like a wild boar"
"Sie werden selbstbewusst sein wie ein Elefant"
"they will be confident like an elephant"
"Und sie werden aufbrausend sein wie eine Königin"
"and they will be high-tempered like a queen"